JO ZIEGLER

DIE KALAHARI LEBT
AFRIKANISCHE
GESCHICHTEN VON BUSCHLEUTEN UND GEPARDEN

Jo Ziegler
führt seine ergreifenden Eindrücke aus Namibia mit melancholischen Erzählungen der Buschleute zusammen, während unter der Decke des Indigo-Himmels mit Mangostreifen **JOY** und **CHEETAH** im herzlichen Gleichklang und völliger Ruhe vertrauensvoll zueinander finden.

In fiktiven Gesprächen verdichten sich deren Träume zum Traum aller Träume…

Jo Ziegler
vermittelt Afrikanische Geschichten von Buschleuten und Geparden in einer Erzählung aus zwei Perspektiven: die eine ist die einer außergewöhnlichen Raubkatze, dem schnellsten Säugetier der Welt, einer Gepardin und die andere: die Sicht einer pubertierenden jungen Hain//omn-Dame, die im Laufe der Erzählung von einem Mädchen zur jungen Frau wird, während die erwachsene und schon alternde Gepardenmutter stirbt.

EIN BEBILDERTES BUCH FÜR GROß UND KLEIN.

ZUM VORLESEN ODER ZUM SELBER LESEN.

I

„Mein Name ist JOY.
Dein Name ist CHEETAH.

Wir sitzen hier Seite an Seite.
Ich höre deinen Herzschlag dicht neben meinem Ohr.

CHEETAH, höre ich richtig?
CHEETAH, dein Herz schlägt langsam.
CHEETAH, warum schlägt dein Herz so langsam?"

„JOY, ich befinde mich schon im fortgeschrittenen Alter.
JOY, wenn du bald größer bist als ich, dann schlägt mein Herz nicht mehr."

„CHEETAH, sag mir, warum sitzt du so gerne hier auf dem Felsen?"

„JOY, von hier aus hat man einen guten Überblick über das weite Land, und von hier aus lasse ich meinen jagdlichen Blick in die Ferne schweifen. Dabei geht ein weicher Wind. Hier, auf den Kopjes (der Name stammt aus dem Afrikaans und bedeutet „kleine Köpfe"), wie sie von den Menschen genannt werden, speichert sich die Wärme des Tages, und wenn nachher die Dämmerung, dicht gefolgt von der Dunkelheit, hereinbricht, haben wir noch immer einen angenehm warmen Sitzplatz.

Im Verlauf der Zeit ändern sich die Formen dieser Granitfelsen und es entstehen neue Inselberge, wie sie ebenfalls von den Menschen genannt werden."

„CHEETAH, warum ändert das Granitgestein seine Formen?"

„JOY, das harte Gestein ist dem ständigen Wechsel heißer afrikanischer Sonne und der Kühle der Nacht ausgesetzt, und zusätzlich greift der Wind ein, sodass ständig neue Formen entstehen, jedoch sind die meisten Kopjes aufgrund der Winderosion rundlich geformt, genauso wie unsere Aussichtskanzel hier am gemeinsamen Aussichtspunkt."

„CHEETAH, was hier stinkt, sind das die Toiletten der Klippschliefer?"

„JOY, so ist es!
Die können nerven, besonders dann, wenn sie in der Nacht ihre grellen durchdringenden Rufe ausstoßen und gleichzeitig ihre gemeinsamen Toiletten benutzen. Sie hinterlassen an diesen Stellen Verfärbungen von Harnsäure und Kot. Da sie die Größe eines Fußballs haben, diese hellgrauen Fell-Fummel, lohnt es kaum, sie zu jagen. Doch als ich noch klein war, da taugten sie zum Üben oder für eine Mini-Mahlzeit zwischendurch.
Ebenso können andere Mitbewohner nerven, etwa summende Insekten, raschelnde Echsen, Schlangen oder trippelnde Wüstenrennmäuse."

„CHEETAH, ich spüre schon den leicht aufkommenden kühlen Abendwind auf meiner nackten Haut, und gleichzeitig formiert sich der nächtliche Chor der Tiere, in dem Löwen weit weg brüllen irgendwo im Grasmeer, wo aus kurzer

Distanz ein eher ängstliches Wiehern eines Zebras zu vernehmen ist, gepaart mit dem Lachen einer Hyäne, die versucht, Kontakt zu halten mit anderen Rudelmitgliedern - und währenddessen kann ich kaum mehr die Büsche und die Spitzen des riesigen schattenspendenden Feigenbaumes ausmachen, da gerade am Horizont der große orangenfarbene Ball der Sonne über vielzähligen Gnus mit zotteligen Köpfen versinkt."

„JOY, du bist eine aufmerksame Beobachterin!"

„CHEETAH, stimmt es, dass du auch in finsterster Nacht sehen kannst?"

„JOY, ich antworte dir mit einem klaren Nein.
Denn in stockfinsterer Nacht, da schlafe ich.

Allerdings jetzt, bei einsetzender Dämmerung, kann ich sehr viel besser sehen als du, denn meine Augen haben eine lichtreflektierende Schicht auf der Netzhaut, mit der ich das Restlicht sehr gut nutzen kann. Das gilt auch bei Vollmond, der seltenen Sonne der Nacht. Dann sehe ich so gut, dass ich sogar jagen könnte, wohlgemerkt:
Könnte! Doch nur bei unsäglichem Hunger, falls ich am vergangenen Tag oder am Tag davor kein Jagdglück hatte."

„CHEETAH, du hast so schöne bernsteinfarbene Augen!
Derartige Augenfarben gibt es bei uns Menschen nicht. Allerdings habe ich einmal ein weißes Menschenkind mit hellblauen Augen gesehen. Was ich überhaupt nicht mag, sind die großen roten Augen der Nachteule, die finde ich unheimlich."

„JOY, in der Nacht, wenn du schläfst und wenn ich schlafe und wenn viele andere Kreaturen ebenfalls schlafen, dann wird diese Nachtjägerin aktiv. Um erfolgreich jagen zu können, ist sie auf ihre großen Augen angewiesen. Diese können mehr als eine Million Sehzellen in jedem Auge haben. Wenn sie nach Futter Ausschau hält, erkennt sie kleine nachtaktive Tiere auf dem Boden und erfasst deren geringste Bewegung. Dabei sieht sie die Welt allerdings nur in Schwarz und Weiß, aber wegen ihrer Lebensart braucht sie ja nicht farbig zu sehen!"

„CHEETAH, du warntest mich vor Löwen, die sich ebenfalls gerne zwischen den Felsen aufhalten."

„JOY, unbedingt!
Das gilt zuvorderst in freier Wildbahn. Hier, auf dem Farmgelände, eingebettet im Naturschutzgebiet der Raubkatzen-Auffangstation, besteht weniger Gefahr. Doch Löwen nebst Hyänen betrachte ich als meine ererbten größten Feinde, schließlich haben die Löwen damals einen meiner beiden Brüder getötet und einfach im Gras liegen lassen. Keinesfalls würden sie ihn auffressen, denn sie wollen nur einen Nahrungskonkurrenten töten. Was damals mit meinem anderen Bruder und mir passierte, erzähle ich dir demnächst.

Lass uns jetzt in Ruhe auf das weite, sanft gewellte Savannenland schauen, während sich über uns das Zelt des Indigohimmels, gepaart mit Mangostreifen, spannt. Und dann, wenn die Dämmerung nahtlos in die dunkle Nacht gleitet, dann sagst du mir rechtzeitig Bescheid, damit ich dich auf deinem Weg zur Haupt-Lodge begleiten kann. Danach suche ich mir einen komfortablen Schlafplatz im weichen Gras."

II

„CHEETAH, ich habe gehört, dass die Wildparkhüter heute früh eine getötete Cheetah sowie zwei verlassene Cheetah-Babys gefunden haben. Sie sagen, die Augen der Winzlinge haben sich beinahe geöffnet, und sie sind wohl offensichtlich gerade mal eine Woche alt. Noch können sie nicht laufen, denn erst nach weiteren zwei Wochen werden sie wohl erste tapsige Schritte wagen. Man wird sie zu dir bringen!

Aus Sicherheitsgründen, und weil sie täglich mehrfach mit der Flasche gesäugt werden müssen, werden sie im größten Freilaufkäfig untergebracht, wo du ihnen im dichten Gebüsch oder in frischem Gras ein sicheres Versteck bauen kannst. Du bist zwar im Gehege in deinen Bewegungen eingeengt, aber du kannst jederzeit gehen und wieder zurückkommen, denn den Umgang mit der Freilauf- wie Einlaufklappe hast du ja gelernt.

Ich werde den beiden kleinen wuscheligen Welpen als Erste die Milchflaschen geben, werde sie beidhändig gleichzeitig schnullern lassen, damit keine Rangeleien aufkommen können."

„JOY, ich zittere vor Aufregung!
Hör' mal, wie diese winzigen Welpen erbärmlich piepsen.
Sieh' mal, wie ich zuallererst mit meiner rauen Zunge über ihr struppiges Fell streiche. Dabei werden sie von vorne bis hinten gründlich gereinigt, während ich meine Duftstoffe auf sie übertrage. Hoffentlich nehmen die Welpen mich als ihre Ersatzmutter an, was keinesfalls sicher ist. Dennoch bin ich großer

Hoffnung, denn mit meiner Zungenmassage rege ich ihre Darmtätigkeit an und, da sie mit Sicherheit extrem hungrig sind, werden sie ihrem Instinkt folgen und deine beiden Milchflaschen gierig leer saugen.

Danach lecke ich ihnen die Mäuler als ein kommunikativer Gunstbeweis und schon fallen ihnen die Augen zu. Dabei kuschele ich mich an sie und wärme sie beim Schlafen solange, bis uns morgen früh die Sonne weckt.

Doch unsere Nachtruhe wird wohl wegen ihres enormen Nachholungsbedarfes an Nahrung ein- oder zweimal unterbrochen werden. Dann trage ich die beiden Welpen im Maul, einen nach dem anderen, zur Milchfütterungsanlage und bugsiere sie vorsichtig an den Nippel. Darin sehe ich im Augenblick meine vorrangige Aufgabe. Du kannst morgen deine Flaschenfütterung wieder am späten Nachmittag vornehmen und dann, wenn beide satt sind und schlafen, erklimmen wir wieder gemeinsam unseren Aussichtspunkt zum Erfahrungsaustausch."

„CHEETAH, genauso fahren wir fort!"

III

„CHEETAH, heute habe ich dem Buschmann PETE von den zwei neuen Geparden-Welpen berichtet, die sich bereits in deiner Obhut befinden.
PETE meint:
Nur dann, wenn unverhofft Regen kommt, ist das ein Zeichen des Wohlwollens sowohl für Natur als auch für Neuankömmlinge, während der große Atem des Graslandes über alle Kreaturen streicht."

„JOY, er spricht vom allumfassenden natürlichen Gleichgewicht im allgegenwärtigen Auf und Ab - und er schaut die Zukunft während der Tages- und Nachtgleiche.
Du bist ein Hain//omn-Kind, gehörst zu den Hain//omn-Buschleuten der Sippe von Otjikoto. Deine Sprache ist gekennzeichnet von implosiven Schnalzlauten und Clicks.
Sie hören sich genauso an, wenn Buschmann PETE zu uns spricht, der bereits Medizinmann war bei meiner Ankunft vor vielen Regenzeiten.
Er war bereits im Bilde von Kätzchen und Kater, weit bevor ich die Jungen geleckt, gesäubert und gebettet hatte. Er sprach von einem guten Zeichen und meinte damit die natürliche geschlechtliche Ausgewogenheit dieser beiden geretteten Katzenkinder.
Dabei legte er einen Spruch über den Freilaufkäfig und schoss einen Pfeil in Richtung des Termitenhügels. Er kam zurück mit einer weißen Schwanzfeder vom Vogel Strauß, schaute kurz zurück, tanzte vor dem Gehege an mir vorbei, kam tanzend zurück und ließ mich die völlig trockene Straußenfeder befühlen. Mit meiner Vorderpfote, die dicke schuppige Sohlen trägt und nur bedingt

einziehbare Krallen hat, strich ich behutsam und sehr vorsichtig darüber, doch hakelte ich mit meiner Daumenkralle, einer sichelscharfen Kralle an der Innenseite meiner Vorderpfote, auch Afterkralle genannt. Sie dient zum Niederreißen der Beute und wirkt wie ein Enterhaken.

Dabei bekam die Feder einen Riss. Sofort sammelten sich dort kleinste Wassertröpfchen, die abtropften und zu Boden fielen, während PETE torkelte und sich direkt hinter den Freilaufkäfig begab und dort sehr lange kauerte. Wohlgemerkt, am Mittag!

Und am späten Nachmittag regnete es erste heiß begehrte dicke ploppende Regentropfen. Du denkst doch nicht, das könnte Zufall gewesen sein, oder?

Du denkst doch eher an PETE, den Regenmacher, nicht wahr?!

Jedenfalls befestigte er bei Beginn des ersehnten Regens die Feder am Gehege und erklärte sie als weithin sichtbares schützendes Zeichen beim Überlebenskampf der beiden Welpen."

„CHEETAH, von seiner Naturverbundenheit und von seinem überlieferten Naturglauben habe ich bereits viel gelernt, und bei seinen alten Geschichten höre ich sehr gerne zu.

Er sagt, die Geschichten, die immer mündlich weitergegeben werden, hören sich im weiten Land oftmals unterschiedlich an, denn die Buschleute waren nie ein gemeinsames Volk mit einem Oberhaupt, sondern sie lebten in Sippen mit ihren Sippenältesten, welche deren Gebräuche bestimmten und vorlebten und die alten Geschichten erzählten und weitergaben.

Es ist richtig, dass du mich als ein Hain//omn-Kind der Buschmann-Sippe aus Otjikoto benennst. Es gibt noch weitere Sippen, etwa bei Namutoni oder Tsumeb.

Da wir gerade vom ploppenden großen Regen sprechen, auf den Menschen,

Tiere und Pflanzen wie immer sehnsüchtig warten, will ich dir eine Geschichte der Buschleute erzählen, die davon berichtet, wie Wasser und Weideland zustande kamen:

Damals, vor langer Zeit, da KAANG als gütiger Schöpfergott die Tiere schuf, da gab es noch keine Flüsse oder Wasserlöcher und alles, was die Tiere zu trinken hatten, war das Blut der anderen. Da meinte der Elefant als größtes Tier von allen:

So kann das nicht weitergehen!

Genau in diesem Moment wurde er von der giftigen Schlange gebissen und starb. Sofort machten die Tiere sich über ihn her und fraßen ihn bis auf seine Knochen, seine Sehnen und seine Haare auf."

„JOY, das mit den Haaren kann ich verstehen, aber…"

„CHEETAH, Achtung!

Jetzt wird es spannend, denn als es dunkel wurde und die Sterne funkelten, da tauchte plötzlich ein neues Himmelslicht auf. Es war das Augenlicht des Elefanten und strahlte als doppelter Stern. Die Tiere sprachen ängstlich vom Geist des Elefanten, der ihnen schaden könnte. Doch da richteten sich plötzlich die Knochen des Elefanten auf. Sie schlugen vehement Wurzeln. Dann sprossen Äste, Zweige, Blätter, Blüten und Früchte. Gleichzeitig breiteten sich die Sehnen des Elefanten aus, an denen saftige Melonen wuchsen, und aus seinem Haar entwickelte sich weites Weideland.

Endlich haben wir Futter!

So riefen viele Tiere, aber für diejenigen, die weiterhin Fleisch und Blut als Nahrung benötigten, änderte sich nichts. Außerdem reichte der Saft der Früchte und Melonen nicht aus, um den Durst zu stillen.

Uns fehlt Wasser!

So stöhnten die Tiere.

Da sagte die Schlange:
Der Körper des Elefanten hat euch bereits geholfen, jetzt bin ich an der Reihe! Sie fuhr in ein Erdloch ein, zischte und spuckte Wasser, bis es in Strömen floss. So entstanden die Flüsse und Wasserlöcher und alle Tiere waren zufrieden. Damit wir bis heute an diese Geschichte erinnert werden, gibt es Elefantengras und Wasserschlangen."

„JOY, ich kenne hier nur eine einzige Stelle, wo Elefantengras wächst, denn dort habe ich in meiner Jugend eine Affenhorde abgehängt, die mich stellte und die ich trotz Fauchens und Knurrens, gepaart mit einem vehementen Aufstampfen mit meinem linken Vorderlauf, nicht vertreiben konnte."

„CHEETAH, erzähl weiter - oh, plopp!
Ich habe einen Regentropfen auf den Kopf bekommen."

„JOY, da bin ich ins dichte Elefantengras gelaufen, habe dort extra viele Duftspuren hinterlassen, die ich in einem großen Kreis absonderte. Mit einem riesigen Seitwärtssprung habe ich mich aus meiner Duft-Runde ausgeklinkt und bin dann aus dem Gras geschlichen."

„CHEETAH, das war perfekt, die Affenbande in eine Endlosrunde im Elefantengras zu schicken."

„JOY, jetzt hat mich auch ein Tropfen getroffen!
Er hat meine empfindlichen Schnurrhaare gestreift.

Die Dämmerung dehnt sich bereits bis zur nahenden Nacht, also begleite ich dich wieder bis zur Haupt-Lodge und dann kuschele ich mit den beiden Welpen, denn ich fühle instinktiv, dass sie sehr wohl meinen Schutz und meine Wärme in dieser kühlen wie windigen Regennacht nötig haben."

„Oh ja!
Morgen treffen wir uns wieder."

IV

„CHEETAH, das war wirklich eine ungemütliche Regennacht! Der Regen derart heftig aufs Blechdach der Lodge, sodass ich aus dem Schlaf gerissen wurde. Dabei erinnerte ich mich an den Ausspruch eines weißen Mannes, der auf der Farm während vieler Tage mit seinem Fotoapparat alle möglichen wie unmöglichen Dinge ablichtete, dazu Bodenproben nahm und diverse Pflanzen und Gesteine sammelte.

Da ich im vergangenen Jahr während meines ersten Schuljahres in der Ombili-Schule Afrikaans und Englisch lernte, konnte ich mir nachhaltig einen Ausspruch während eines ähnlich heftigen Regens merken, nämlich:
It's raining cats and dogs.

Wenn ich dir sage, dass er sinnbildlich die dicken schweren Regentropfen als herabfallende Katzen und Hunde betitelt, dann können wir hier und jetzt über einen derartigen Blödsinn gemeinsam lachen - und noch mehr lachen, wenn wir uns weit größere Tiere vorstellen, etwa Elefanten und Giraffen."

„JOY, ganz davon ab, muss ich dir sagen, dass ich in der vergangenen Nacht beinahe das Ende der Kätzchen befürchtete!

Während der Wind böig auffrischte, die Wolken sich türmten, dicke Regentropfen im Stakkatotakt niedergingen und der Regenhimmel seine Schleusen öffnete, sodass auf der ausgetrockneten Erde die Regentropfen wie Perlen einer hüpften, dabei Staub aufwirbelten und sich in denen durch Hitze geborstenen Bodenspalten sammelten, erste Rinnsale bildeten, erste Erdlöcher und Senken füllten und gleichzeitig unser Fell durchnässten, da koteten sich beide Kätzchen vor Furcht vollends ein.

    Ich rollte sie im Regen herum zum Säubern.
Der Kater würgte und kotzte herzerbrechend. Dann leckte ich beide Minis ringsum trocken und trug sie einzeln an die Nippel der Milchfütterungsanlage.
Dahinter erkannte ich schemenhaft PETE.
Vernahm seine universal wirkenden Laute, während beide Minis gierig am Nippel saugten und dabei einschliefen.
    Ich trug sie zurück in mein ausgesuchtes Grasversteck, und erstmals schliefen sie durch bis zum frühen Morgen.

    Und dann folgt ein ganz besonderer Morgen!
Der Wind vertreibt die letzten Wolkenfetzen, während letztes silbriges Licht des Mondes über dem weiten Land liegt. Noch zeigt sich keine Spur vom Tageslicht.
    Ich rolle die Minis hin und her.
Ich gebe ihnen weiterhin Wärme, während es im Schritttempo heller und heller wird, das Grasland Konturen annimmt, darin Details hervortreten und sich messerscharf konturieren.
    Plötzlich brechen die ersten Strahlen des faszinierenden goldenen Lichts am Horizont hervor. Deren Helligkeit lässt die Kätzchen blinzeln.
    Sie gähnen, strecken und räkeln sich, machen erste tapsige Schritte und stoßen abwechselnd mit der Nase und der Vorderpfote gegen meinen Bauch.
Ja!
Jetzt ist es soweit.

Ich rufe sie.
Sie folgen mir.
   Tatsächlich!
Sie folgen meinem Ruf.
Sie haben mich als ihre Ersatzmutter angenommen.

Mit wenigen taumelnden unbeholfenen Schritten haben sie erstmals eigenständig ihren Weg zur Nahrungsaufnahme gemacht. Kein Wunder, dass sie beim Saugen einschlafen!"

„CHEETAH!
DER GROßE REGEN hat es wirklich in sich!

Nach dieser ungemütlichen Regennacht und nach dem heutigen prachtvollen Sonnenaufgang führt mich Buschmann PETE gezielt durch das Gelände.

Wir folgen zuerst dem Farmweg, in dessen Rinnen und Senken noch Wasser steht. Schon sprießen dort erste gelbe Morgensterne in zarter gelber Blüte, woraus schnell ein wahrer Blütenteppich wachsen wird.

Ebenso im spärlichen Grasland, das baldigst sehr dicht und hoch stehen wird, doch hier und dort noch in seinen welligen Unterbrechungen den tiefroten Sand schimmern lässt.

Schon sehe ich kleine Wasserläufe, ich sehe Senken und kleinere Seen, an deren Rändern Riesentrappen stehen, viel größer als ich. PETE sagt, dass jetzt mit dem Ende der Trockenzeit ihre Balzzeit beginnt.

Er hat mich in einem großen Bogen um die scheuen Tiere mit hoher

Fluchtdistanz herumgeführt, dann sind wir gebückt gegen den Wind zurückgelaufen und sind schließlich, auf allen Vieren kriechend, einem Hahn sehr nah gekommen, der mit seinem aufgeblasenen Kehlsack dumpfe dunkle Balzrufe von sich gibt."

„JOY, diese dumpfen kurzen Laute kenne ich auch!
In Afrikaans werden die Trappen GOMPOU genannt, und das Wort beschreibt dabei lautmalerisch ihre Balzrufe."

„CHEETAH, ich lernte bereits im Unterricht der Ombili-Schule, dass dieser Name GOMPOU in englischer Sprache "Gum Bustard" bedeutet, was so viel wie "Trappe, die den Gummisaft der Akazienrinde essbar nutzt", bedeutet.
Wie dem auch sei!
Unsere Englisch-Lehrerin namens Heather mit Sommersprossen im Gesicht und honigfarbenen Haaren, wirklich, eine echte Exotin, die für die lange Zeit zwischen zwei Regenperioden von ihrer weit entfernten Heimat einer europäischen Insel zum Unterricht unter uns weilte, also wirklich, was sie uns so alles erzählte, das hat auf keiner Elefantenhaut Platz!

Dazu gehörte auch, wie sie mit steifer Lippe einen Limerick vortrug, exakt den "Gum Bustard" betreffend:

The bustard is an exquisite fowl
With minimal reason to scowl
For he escaped what would be
Illegitimacy
By the grace of a fortunate vowel.

„JOY, ich hatte mal nach dem hastigen Verschlingen eines angeschlagenen Kronenduckers einen anhaltenden Schluckauf. Also, bitte sehr, übersetze mir keinesfalls die Reime, sonst bekomme ich womöglich noch in meinem fortgeschrittenen Alter einen ganz besonderen Limerick-Schluckauf."

„CHEETAH, das klingt witzig wie scherzhaft, äh, entschuldige, da habe ich nur noch ein weiteres witziges Gedicht in fünf Zeilen mit dem Reimschema *aabba* auf Lager, in dem eine Nonsens-Geschichte erzählt wird, die in einer schrägen Pointe endet, gemäß der Regel:

Reim dich oder ich fress dich!"

„Na ja!
JOY, wenn ich das Wort "Fressen" vernehme, dann kann ich schwach werden. Also, dann lass mal das scherzhafte Gedicht hören!"

There was a young lady from Riga,
Who smiled as she rode on a tiger.
They returned from the ride
With the lady inside
And the smile on the face of the tiger.

„JOY, echt komisch, ausgerechnet diese Pointe im Magen eines Tigers zu verorten!"

„CHEETAH, auf dem Rückweg zur Lodge hat mir PETE ein Areal mit mehreren Termitenhaufen gezeigt, welches ich mir sehr gut merken sollte.

Doch bleiben wir beim Thema Magen, und da toppe ich gleichwohl mit einem Reim in deutscher Sprache, den ich auf einer weggeworfenen Papiertüte eines Fotografen aus Deutschland fand:

***Ein Kettenraucher aus Nizza,
der im Tank seines Wagens nach Sprit sah,
der flog mit 'nem Krach
durch's Garagendach
einem greisen Gast auf die Pizza.***

„So viel Blödsinn habe ich noch nie gehört, da sollte sich doch gleichwohl jede flügge Termite und jede Trappe einen landesüblichen Feind schnappen. Schnapp, schnapp und schnapp - und schon ist die Welt eine bereinigte, eine bessere Welt."

„CHEETAH, deine Worte sind auch meine Worte!
Auf jeden Fall sprießen am Fuß der Termitenhaufen besondere Pilze, die nur in Symbiose mit den Termitenhaufen gedeihen. Allerdings nur einmal im Jahr zu Beginn des großen Regens. Diese Omajowa-Pilze werden so groß wie ein Teller, wiegen fast ein Kilo und dienen uns als Ersatz für Fleisch bei den Mahlzeiten.

Diese Pilze haben PETE und ich gesammelt und essen sie nachher beim Abendessen."

„JOY, lass dir die Pilze schmecken!"

V

„JOY, wie haben dir die Pilze geschmeckt?"

„CHEETAH, sehr gut!
Wir haben sie sowohl roh als auch in Fett angebraten gegessen."

„JOY, vom Feuer angesengte Früchte oder Fleisch finde ich ekelhaft stinkend!
Wegen meiner großen Nasenlöcher und wegen meiner vergrößerten Nasendurchgänge, die ich ja wegen meiner pfeilschnellen Jagd zum Luftholen für einen erhöhten Atemdurchsatz unbedingt benötige, dringen diese Düfte direkt in mein Riechhirn.
Bei einem Buschbrand habe ich Derartiges kennengelernt, und bin danach in jenes stinkende Gebiet nie wieder eingewandert!"

„CHEETAH, geschwind zurück zum gestrigen Regen!
DER GROßE REGEN erinnert mich daran, wie es vielmals früher zur Namensgebung der Hain//omn-Buschleute kam.

Demnach bedeutet das Wort Hain//omn "Baumschläfer", wie mir PETE berichtete. Denn die Hain//omn-Buschleute schliefen während der Regenzeit und auch danach auf Bäumen, um den in ungeheureren Mengen auftretenden plagenden Quälgeistern von Moskitos zu entgehen, denn ein Moskitostich schmerzt und juckt oft tagelang.

Eine ganze Armada terrorisierender Moskitos erwächst spontan im stehenden Wasser von Pfannen und Vleys als deren ideale Brutstätten. Die Hain//omn-Buschleute schafften damals Abhilfe, indem sie ihre Schlafstätten auf Astgabeln in Bäumen bauten und darunter ein Feuer mit Rauchfang entfachten. Ein Feuer mit einem stark riechenden Rauch vom feuchten teerhaltigen Tambutiholz, gepaart mit Bast.

Damit wurden nachhaltig alle quälenden Moskitos während warmer windstiller Nächte erfolgreich abgewehrt.

In unserer Volksmedizin wird übrigens der Saft der Tambutis auf Geschwüre und Furunkel gerieben. Möglicherweise wurde deine verletzte Pfote damals auch damit bestrichen, natürlich auf PETE´S Rat hin, denn er erwähnte eine breite Anwendung dieser schön anzusehenden und schattenspendenden Bäume im weiten Land östlich von Otavi auf dem Weg nach Grootfontein und Rundu, ebenso im östlichen Teil der Etoshapfanne wie im Kaokoveld. Frisches Frühjahrslaub färbt den Baum rotbraun, dann wird er grün und zeigt sich im Herbst in roter Farbe.

Reißt man ein Blatt ab, so quillt am Blattstiel aus zwei kleinen Drüsen ein weißlicher Saft hervor, der auf der Haut brennt und beim Kontakt mit den Augen zum Erblinden führen kann - also ein giftiger Milchsaft, der zusammen mit anderen Säften verschiedener anderer Pflanzen zur Herstellung von Pfeilgiften- und Fischgiften Verwendung findet.

Das Tambutiholz hat allerdings einen angenehmen Geruch, den unsere Nachbarstämme, etwa die Hereros oder die Himbas, sich als pulverisiertes Holz mit Fett vermischt ins Haar und sonst wohin reiben.

Jedenfalls werden Insekten ferngehalten und sogar der weiße Mann mit seinem Fotoapparat hatte sich damals eine duftende Perlenkette aus dem harten grob geschnitzten Kernholz um den Hals gelegt und belobigte den Duft als African Sandalwood.

Und sicherlich hast du bereits meinen eigenen Körpergeruch aufgenommen; der kommt nicht mehr ganz so erdig wie salzig herüber."

„JOY, richtig!
Das hat mir meine feine Nase längst mitgeteilt.
Und wie kommt es dazu?"

„CHEETAH, ich verbreite das Aroma von Tambuti nach einem Kübelguss aus tief geschöpften Wässern zwischen Felsspalten, angereichert mit kätzchenartigen Blütenähren mit vermindert männlichen, dafür überwiegend weiblichen Tambutiblüten, gleichwohl verwendet während einer Reifezeremonie und begleitet von vielen "Kirrikirri"-Rufen schreiender Frauen unserer Ansiedlung, während die Männer bei ihrer Arbeit inne hielten und es von Mund zu Mund ging:
JOY IST ERWACHSEN!

Ein Mädchen in einem speziellen Alter, in dem ich mich gerade befinde, soll mindestens drei Tage in der Hütte verbringen, während die schrillen Schreie der Frauen bezwecken, dass die Ohren sich öffnen, denn sie sagen, Kinder hätten taube Ohren und erst mit dem Erwachsensein würden sie sich öffnen. Nach dem Kübelguss erzählten mir die alten Frauen alles über die Pflichten einer Frau."

„JOY, das freut mich sehr zu hören!"

„CHEETAH, ich habe dir die Geschichte der Namensgebung der Hain//omn als "Baumschläfer" erzählt.

Es gibt aber auch "Baumschläfer", die zu deinen Feinden gehören, nicht wahr nicht?"

„JOY, das stimmt!
Als "Baumschläfer" unter den Wildkatzen gelten die Leoparden. Mit ihren messerscharfen gebogenen Krallen üben sie ihr Klettern unermüdlich von klein auf. Dabei ist ihnen kein Baum zu hoch und sie sind trittsicher auf jedem noch so dünnen Ast.

Natürlich, ich selber habe auch meine frühkindlichen Klettererfahrungen an Bäumen gemacht, damals, als ich als kleines Gepardenkind zusammen mit meinem Bruder herumtollte. Unsere jugendlichen Krallen waren noch scharf und gut genug zum Klettern geeignet. Da mussten von uns alle erreichbaren Büsche und Bäume als Aussichtstürme erklommen werden. Allerdings erinnere ich mich, dabei keine gute Figur gemacht zu haben, immerhin landete ich bei meinen Rutschpartien nach unten unversehrt auf allen Vieren.

Dann ging es spielerisch weiter mit gegenseitigem Anspringen, Balgen, Fangen, mit tobenden Ringkämpfen und wilden Verfolgungsjagden. Sich gegenseitig aus dem Hinterhalt anzuspringen, umzuwerfen und sich spielerisch im gezielten Nacken- und Halsbiss nieder zu machen, diese Spiele übten wir mit Ausdauer und wachsender Begeisterung, wobei wir unsere Mutter einfach mit einbezogen, und zwar so lange, bis sie uns mit einem kurzen heißen Fauchen in die Schranken verwies.

Mein Bruder spielte dann immer den "Beleidigten", wobei er seinen Kopf hängen ließ und ärgerlich knurrend den Spielplatz verließ, um sich einige Meter weiter auf einem weichen Grasbüschel auszuruhen.

Heutzutage benutze ich Baumstämme und dicke Zweige vom Gebüsch nur noch zur Duftmarkierung, genauso wie die Kater."

„CHEETAH, die Leoparden werden von Buschleuten, Hereros, Ovambos und anderen genuinen Gras- und Savannenlandbewohnern sehr wohl als eine schwarz gefleckte Raubkatze bezeichnet, die auf Bäumen wohnt.
Warum denn ausgerechnet auf Bäumen?"

„JOY, die Geschichte, warum es die Leos auf Bäume trieb, möchte ich dir gerne erzählen!
Also, damals vor vielen Jahren im fetten Grasland, als die Tiere noch miteinander sprachen, da fragten die kleinen Schabrackenschakale und die Tüpfelhyänen den Leoparden, ob er ihnen denn von seinem Riss etwas abgeben könne, denn er sei ein erfolgreicher Jäger großer Tiere, ausgestattet mit extremen Kräften, um Kudus, junge Zebras wie Warzenschweine zu erlegen. Es reichten den Schakalen zum Sattwerden kleinere Fleischbrocken und die Tüpfelhyänen machten ihrem Beinahmen als "Knochenbrecher" alle Ehre, denn mit ihrem kräftigen Gebiss vermochte sie Knochen zu zermalmen, sodass letztendlich nur die Fellreste des Beutetiers überblieben.

Der Leopard fühlte sich geschmeichelt und willigte ein, während Schakale und Hyänen zum Zeitvertreib miteinander spielten, gegenseitig Fellpflege betrieben, sich im Savannengras wälzten und die übrige Zeit unterm schattenspendenden Akazienbaum vor sich hin dösten, um sich anschließend an der Beute des Leoparden satt zu fressen. Dabei langten der Schakale immer gierig zu, bis sie einen kugelrunden Bauch hatten und sich kaum noch auf den Beinen halten konnten.

Das ging so lange gut, bis eines Tages der Leopard von einer Schlange gebissen wurde.
Er bat nun, sichtlich angeschlagen, die Schakale und Hyänen zum gerechten Ausgleich auf die Jagd zu gehen.

Doch da zeigten sie ihr wahres Gesicht. Gaben eine verstauchte Pfote oder allgemeines Unwohlsein als Grund an, um keinesfalls jagen zu können. Der Leopard war wirklich tief enttäuscht und wollte nicht mehr ihr Freund sein. Vom Schlangenbiss bekam er hohes Fieber und in wirren Träumen sah er sich mit seinem Beutetier auf einen Baum klettern.

Die Schlange hatte mit ihrem giftigen Biss zwar keine Beute gemacht, jedoch dem Leoparden seinen zukünftigen Weg gewiesen.
Da vom Fieber geschwächt, stellte er das Jagen großer Tiere solange ein, bis er durch Fressen von Früchten, Pflanzen, Vögeln, Eiern, Insekten, Klippschliefern, Reptilien oder gar Aas wieder zu Kräften gekommen war.

Sodann wurde ein junger Oryx sein erstes folgendes großes Jagdglück. Mit Heißhunger und Geschick öffnete er dessen Bauch, verschlang Herz, Leber, Nieren und erste Fleischbrocken und dann, wie aus dem Boden gewachsen, standen plötzlich die Schakale und Hyänen neben seiner Beute.

Da fauchte sie der Leopard an.
Und er fauchte sie so laut an, auf dass es alle anderen Tiere hören konnten, wie er sie als falsche Freunde bezeichnete. Und wie er sie fortan als seine Feinde bezeichnete und definitiv das Teilen seiner Beute mit ihnen verweigerte.

Verdutzt sahen sie, wie er Magen und Gedärm mit einem derben Prankenhieb aus seinem Riss beiseite räumte, diesen nun um viele Kilo erleichterten Oryx fest mit seinem kräftigen Gebiss packte, ihn davon schleifte und mit ihm, vermittels seiner unglaublichen körperlichen Kräfte, am dicken Stamm des Akazienbaumes hochkletterte und ihn hoch oben triumphierend als ultimativen Fang in einer Astgabel in Sicherheit brachte, unerreichbar für Schakale und Tüpfelhyänen."

„CHEETAH, schon wieder spielt die Schlange eine besondere Rolle! Gleichwohl als mir Medizinmann PETE am Abend nach der besonderen Pilzmahlzeit sowohl vom Hochzeitsflug der Termiten als auch von den vielschichtigen Geisterwelten der Hain//omn-Buschleute raunend berichtete. Da folgten mehrere Schlangen-Geschichten, während wir gleichzeitig proteinträchtige über dem Holzfeuer gebratene Termiten verspeisten. Er gab sein Wissen über die Wasserschlange von GULGAB und über andere Schlangen, die den Tod anzeigen, an mich weiter.

Seine Erzählungen wühlten mich auf und sie verfolgten mich sogar noch im Traum.

Ich habe unruhig geschlafen, bin mehrmals aufgewacht und fühlte mich den ganzen Tag über müde.

Jetzt bin ich schon wieder schläfrig; also erzähle ich dir baldigst die alten Buschmanngeschichten."

„JOY, nichtsdestotrotz, jetzt slaap lecker!"

VI

„JOY, die beiden Gepardenkinder kommen ordentlich zu Kräften. Gleichzeitig sprießt ihnen eine silbergraue Kopf-, Nacken- und Rückenmähne. Damit sind sie farblich angeglichen inmitten der wogenden Grashalme von dichten Grasbüscheln. Es ist die perfekte Camouflage in ihrem Überlebenskampf.

Vorläufig sind sie noch geschützt im weitläufigen Freilaufkäfig, wohin ich ihnen erste Kleintiere wie Kaphasen oder Dik-Diks bringe, um sie an den Blut- und Tiergeruch zu gewöhnen, und um sie somit nach und nach von der Milch zu entwöhnen.

Noch haben sie ihre liebe Mühe und Not, mit ihren winzigen spitzen Zähnchen erste Fleischstückchen herauszureißen, doch der Geschmack von frischem Fleisch wird sie baldigst die Nippel der Milchfütterungsanlage vergessen lassen.

Der Kater entwickelt bereits gefühlte Kräfte und teilt gerne heftige Tatzenhiebe aus, während das Kätzchen blitzschnell und sehr gewitzt verschiedene Situationen zu meistern versteht.

Schon jetzt zeichnet ihre Gesichter eine auffallend beidseitig verlaufende tiefbraune, beinahe schwarze Linie, die als markante Merkmale aller Cheetahs wie Tränenstreifen von den inneren Winkeln der bernsteinfarbigen Katzenaugen hin zu den Mundwinkeln verlaufen.

Allerdings, in Zeichnung wie Verlauf sind sie mir nicht "aus dem Gesicht geschnitten".

Daran erkenne ich, dass sie kein eigener Nachwuchs sind, jedoch gebe ich ihnen mit meiner Wärme und meinem behaglichen Schnurren die gelassene Sicherheit einer fürsorglichen Ersatzmutter.

Auf meinen sirrenden Ruf hin, haben sie bereits gelernt, während ich mich von ihnen entferne, sich im ausgesuchten Versteck des weichen Grases zu ducken, dicht beieinander zu bleiben und keinen Laut von sich zu geben.

Sie warten, warten und warten wie wehrlose Wuschel im Wildgras solange, bis sie bei meiner Rückkehr dem hellen zirpenden Lockruf, gefolgt vom Gurren, Gefolge leisten und mir im dichten Gras entgegen springen.

Ich bereite ihnen die Beute zum Fressen vor, indem ich das feste Bauchfell mit meinen scharfen Zähnen aufreiße. Erst dann, wenn sie satt sind, bin ich an der Reihe.

Danach folgt sofort eine erste gegenseitige grobe Körperreinigung, beginnend mit den blutigen Läufen und den blutverschmierten Mäulern. Sodann wird der Fressplatz sofort verlassen, um keine Duftspuren auf dem Weg zu unserem Ruheplatz zu hinterlassen. Dort beginnt dann die ausführliche gegenseitige Fellpflege. Mit unseren rauen Zungen wird sorgsam geleckt und bei diesem Körperputz wird keine Stelle ausgelassen. Danach können wir ganz entspannt im Verbund kuscheln, dösen und behaglich schnurren."

„CHEETAH, stimmt es, dass du wasserscheu bist?"

„JOY, allerdings!
Ich würde niemals im Fluss oder im stehenden Wasser von Pfannen und Vleys baden wollen. Und höchst selten schlecke ich fließendes Wasser aus einem Fluss oder frisches Regenwasser aus den Mulden der Kopjes.

Während eines heftigen Regenschauers rücken wir dicht zusammen und bilden ein Knäuel, um dem Regenwasser möglichst wenig Angriffsfläche zu bieten. Offensichtlich degoutieren bereits beide Gepardenkinder diese unfreiwillige Dusche eines vergangenen Gewittergusses.

Sie lassen die Köpfe hängen, während ihre silbergrauen Kopf- und Nackenmähnen sich kräuseln und ringeln und zottelig werden. Nach dem Regen lecken wir uns gegenseitig die Feuchtigkeit aus dem Fell.

Mit einer gleichartigen Putzaktion starten wir ebenfalls nach jedem Sonnenaufgang unseren Tag, indem wir uns den nächtlichen Tau aus dem Fell schlecken."

„CHEETAH, Regenwasser spielte bei den im Karstfeld lebenden Hain//omn-Buschleuten schon immer eine besondere Rolle, wie es mir PETE überlieferte, denn die in Sippen verteilt lebenden Buschleute hatten ihr eigenes zirkumskriptes Revier mit ihrem Oberhaupt. Keiner durfte das Revier überschreiten, auch dann nicht, wenn bei der Jagd ein angeschossenes Tier ins Nachbarrevier flüchtete.

Allerdings, wenn es um Trinkwasser ging, durfte man gegen Entrichtung einer kleinen Gabe, etwa in Form einer Pfeilspitze, Wasser aus dem Gebiet einer benachbarten Sippe holen, so an den Wasserstellen von Namutoni, Guanagas, Okevi und Umgebung. Die Hain//omn-Buschleute bezeichneten die Wasserstelle von Namutoni als TAMAROS, was so viel wie Lieblingsplatz bedeutet.

Wasser gab es auch in der Nähe von Tsumeb in einem See. Dieser wurde GAISIS genannt, was etwas Erschreckendes meint."

„JOY, warum sollte ein See etwas Erschreckendes an sich haben, wo er doch vielen Kreaturen lebenswichtiges Wasser spendet?"

„CHEETAH, Medizinmann PETE meinte, die Hain//omn-Buschleute seien sehr, sehr wasserscheu."

„JOY, da haben wir ja etwas gemeinsam!"

„CHEETAH, wenn ich in einen tiefen See fallen würde, müsste ich darin ertrinken! Kein schöner Gedanke, wie eine bleierne Ente unterzugehen.
Doch wir Menschen können das Schwimmen im Wasser erlernen. Ich glaube, die Bewegungen sind den Fröschen abgeschaut. Unsere Lehrerin kündigte uns für das nächste Schuljahr sogar Schwimmunterricht an, wofür auf dem weitläufigen Gelände der Ombili-Schule ein großes Bassin aufgestellt werden soll."

„JOY, ich denke, es besteht auch noch zusätzlich Angst und Furcht vor Schlangen im Wasserloch."

„CHEETAH, das stimmt!
Besonders dann, wenn die Buschleute nicht nur Wasser aus dem See, sondern auch Regenwasser aus den Felsspalten der Berge holen wollten. Es war erstens sehr schwierig, an dieses Wasser heranzukommen, denn es bedurfte zum Schöpfen Straußeneierschalen, die an gedrehten Stricken aus Bast sehr behutsam herabgelassen wurden, um nicht die Ruhe von KAANG, dem gütigen Schöpfergeist der Tiere zu stören, der hier der großen Schlange einen Gürtel um die Taille legt, und ihr diesen manchmal abnimmt, um sie auf die Erde zu schicken, damit sie böse Menschen beißen kann.

Die Schlange soll hundert oder gar mehr als zweihundert Fuß lang sein! PETE versteht sogar von anderen Erzählungen aus anderen Buschmannsippen zu berichten, nach denen die Schlange eine Art Drachen ist, dazu schwarz und stinkend wie eine Mamba, mit glitzernder Haut - und zwischen ihren Augen hat sie einen leuchtenden Stein.

Ihr Gestank allein ist fürchterlich und giftig, sodass Menschen daran sterben können.

Sie kann urplötzlich aus einem Erdloch hervor kriechen und, wenn sich ein Mensch dabei zufällig in der Nähe befindet, sollte er schnell weglaufen, denn sonst spuckt sie ihn an und er erblindet.

Bei Sonnenuntergang geht die Schlange auf Nahrungssuche und lässt dabei ihren leuchtenden Stein zurück. Er leuchtet im weiten Umkreis, damit sie leicht Beute wie Ameisen, Frösche und Mäuse machen kann."

„JOY, so ist es auch gut, dass ich keine Jägerin der Nacht bin!
Bald, wenn es finster ist, werde ich hoffentlich nicht von Schlangen träumen, sondern eher von appetitlichen Busch- und Springhasen, von Dik-Diks, von Thomson-Gazellen oder von Kronenduckern oder von meinen bevorzugten großen Leckerbissen, den Springböcken. Außerdem werde ich morgen in der Früh im goldenen Morgenlicht zusammen mit den beiden Jung-Geparden das Gehege verlassen.

Wir werden bis zur einsetzenden Mittagshitze wandern und jagen, denn jetzt ist die Zeit gekommen, dass wir gemeinsam erste Jagdversuche unternehmen können. Hoffentlich reichen dazu noch meine Kräfte.

Bald, wenn wir Vollmond haben, sehen wir uns hier wieder."

„CHEETAH, ich wünsche dir und den beiden eleganten flinken Jung-Geparden jagdlichen Erfolg.
Jetzt beginnt für sie unter deiner Anleitung die große Schule des Lebens und des Überlebens.
Heute gebe ich slaap lecker an dich zurück!"

VII

„CHEETAH, du bist schon vor mir auf unserem schönen Aussichtspunkt eingetroffen.
Heute höre ich dein Herz schneller schlagen und, fühle ich tatsächlich deinen wohl gerundeten warmen Bauch?"

„JOY, das stimmt!
Mein Herz schlägt vor Freude über eine außergewöhnlich gute Woche mit mannigfachem Jagdglück, gebündelt mit gesammelten Erfahrungen beider Jungtiere."

„CHEETAH, der sinkende Sonnenball berührt gerade den Horizont und wir beide blinzeln im letzten warmen Sonnenlicht, behütet vom Indigohimmel mit Mangostreifen, während auf den Wipfeln der Akazien nach und nach das Gurren der Tauben und der Gesang der Vögel verstummt, der einschläfernde Chor der Grillen erstirbt, ganz dicht gefolgt vom Ruf des Uhus und diverser nachgelagerter Laute der einbrechenden und sich verdichtenden Nacht:

Wo viele hundert Meter weiter eine Pavianhorde schwatzend ihren Schlafbaum erklimmt, eine große Impala-Herde eng im offenen Grasland steht und darüber Steinschwalben flattern, wo eine Schar von Geiern im wogenden Gras wackelt, wobei ihre langen nackten Hälse hin- und herschlenkern und wo drum herum streifende Hyänen heulen und kichern, überlagert vom markerschütternden Löwengebrüll in weiter Ferne."

„JOY, so einen Abend, so wunderschön wie heute, den trage ich seit meiner Jugend im Herzen!
Dankbar eingebettet in die fließende Schönheit der Natur und dankbar, diese Augenblicke innigst mit dir im Hier und Jetzt zu erfahren und zu teilen dank deiner besonderen Gabe der Naturverbundenheit vermittels der Unterweisungen des Medizinmannes PETE."

„CHEETAH, flatternde Flügel gelber Nachtfalter tragen uns träumend hinweg. Genauso wie PETE es sieht, während er mir den Baum der Bäume zeigt, den Ahnenbaum, dessen Zweige in den Himmel reichen und in dessen Schatten man sich nach aller Lebensmüh zur Ruhe legen kann.

Neige dich zu meiner Seite, stelle deine Vorderpfote sanft auf meinen Fuß und du schaust in dein nächstes Traumland und, ganz klitzeklein, erscheine ich dir dort im flirrenden Licht an der Abbruchkante mit meiner Hain//omn-Sippe."

„JOY!
So wie du die Zukunft besprichst, in der ich vermutlich weit vor dir weilen werde, will ich dir hier und jetzt vom quirlenden Jagdgeschehen mit den beiden bestens herangereiften halbstarken Jung-Geparden berichten!

Besonders auffallend ist der überaus kräftige Körper des Katers, der durch sein rüpelhaft unkontrolliertes Anschleichen vermittels knackend knickender Gräser die wachhabende Antilope schnauben lässt und damit ihre Herde warnt, wodurch unser Jagdeinsatz vereitelt wird.

Deswegen verordne ich ihm Stillstand, verordne ihm das Beobachten der Herde und der Umgebung für längere Zeit, während ich mich mit seiner grazil gestalteten Schwester im extrem langen Pirschgang durchs Gras im großen Bogen erneut der Herde nähere, ausgiebige Beobachtungen eingeschlossen.

Sie lernt, meine zuckende Schwanzspitze als höchste Konzentration zu verinnerlichen. Noch kann sie meinem kurz angetretenen Spurt nicht folgen, doch das von mir ausgesuchte allein stehende Kitz einer Gazelle erkennt sie gleichwohl, sodass wir beide dem Jungtier in beachtlicher Geschwindigkeit folgen.

Unvermittelt kreuzt quer der kräftige Jungkater, drückt mit seiner Vordertatze das Tier nieder, gleitet über den Rücken und packt es wie im spielerisch erprobten Würgegriff.

Spiel bleibt solange Spiel, bis Kater und Kätzchen eher erschöpft kapitulieren wegen des Überlebensdranges des Gazellenkitzes, dessen Körper heftig im Überlebenskampf zuckt.

Im Verlauf dieses Jagdunterrichtes packe ich vorbildlich das Tier im tödlichen Würgegriff, packe es kurz und kräftig, um sein Schnauben auf ein Minimum zu reduzieren, damit möglichst nicht die Aufmerksamkeit von Fressfeinden geweckt wird.

Während meiner Abkühl- und Verschnaufpause, in der ich nicht fressen kann, haben die Geschwister gemeinsam die Bauchdecke aufgerissen und schlingen sich voll.

Sie lecken sich zufrieden ihre blutverschmierten Mäuler, während ich meinen Anteil fresse. Dazu gehören auch kleine Knochen für den Mineralhaushalt. Danach putzen und verdrücken wir uns, denn anlandende Geier fallen bereits über die restlichen Innereien unseres Risses her und herbeieilende Schakale und eine zottelige Hyäne vertilgen die noch verbleibenden Reste.

Nichts bleibt übrig.

Es ist so als ob sich das Kitz in Luft aufgelöst hätte.

Am späten Nachmittag erbeute ich noch einen Buschhasen, den ich allerdings abweisend fauchend für mich beanspruche, um genügend Kraft am nächsten Tag zu haben. Ich suche unseren Schlafplatz im weichen Gras aus. Die erschöpften Jungtiere schnurren behaglich, während mein linker Vorderlauf leicht schmerzt. Vermutlich habe ich mich übernommen und beschließe, unser Herumwandern zu reduzieren.

Mit diesem Gedanken schlafe ich ein.

Mit diesem Gedanken wache ich wieder auf bei einem fahlen Lichtstrahl am Horizont, der uns den Weg am neuen Morgen weist."

„CHEETAH!
Immerhin seid ihr in der Tat mehr als eine Woche umhergezogen.
Eine volle reife Leistung!"

„JOY, zum Glück gingen die Schmerzen zurück!
Wie du siehst, sind nach dem letzten Regen Gras und Pflanzen gewachsen, sind Büsche und Bäume ergrünt und sämtliche Samen keimen.
Die Herden sind eingewandert, sodass unser Tisch reichlich gedeckt und die Jagd weniger anstrengend und fast immer erfolgreich war.
Heute Nacht, und zwar bei Vollmond, werde ich schon wieder mit den kräftig gewachsenen Jungtieren losziehen. Es wird ihre Premiere einer nächtlichen Jagd werden.

Inzwischen sind sie so flink, dass sie im Spurt Gefahren meistern können, wenn ihnen Affen, Hyänen oder gar Löwen zu nahe kommen. Es ist ausgemachte Sache, dass wir in diesen extremen Situationen in verschiedene Richtungen fliehen. Das einander Wiederfinden wird anschließend geübt."

„CHEETAH, ich wünsche euch jagdliches Glück in dieser besonderen Nacht!
PETE bezeichnet den Vollmond als die seltene Sonne der Nacht, in der maskierte Gesichter und die Geisterwelt der Hain//omn-Buschleute aktiv werden. Für ihn ist sie die hohe Zeit der besonderen Kommunikation, jedoch für alle anderen Sippenmitglieder eher der dringende Rat, alle Eingänge der Behausungen zu verschließen und keinesfalls aushäusig zu verweilen. Davon werde ich dir baldigst berichten."

VIII

„JOY, gestern war die Nacht der Nächte!"
Wir haben tatsächlich die Nacht zum Tag gemacht. Die Melodien der Nacht waren faszinierend. Besonders eindringlich wirkte das dominante Brüllen des Löwen."
Wir waren derart erfolgreich bei der Jagd, auf dass wir im folgenden Verdauungstief den heutigen ganzen langen Tag verschlafen haben.

„CHEETAH, gestern war auch für mich die Nacht der Nächte!

Da ich jetzt eine junge Frau bin, berichtete PETE mir von den Anfängen der Hain//omn-Menschen. Da soll es angeblich nur Männer auf der Welt gegeben haben, die zwar sehr gerne auf die Jagd gingen, doch irgendwie soll es auch viel Langeweile gegeben haben.
An einem Tag mit einem besonders schönen Sonnenaufgang machte sich ein junger Jäger auf den Weg und kam an einem Ahnenbaum vorbei, um den herum viele junge anmutige Menschen tanzten. Von hinten sahen sie aus wie Männer, nicht aber von vorne, da sahen sie ganz anders aus.
Während des Tanzes wachte eine alte Ahnfrau über die Schar, und just in dem Moment da der Sonnenball vom Horizont abhob, schlug sie zwei Klanghölzer aneinander und beim Verklingen des Tons verschwanden alle jungen Menschen zusammen mit ihrer Ahnfrau im Baumstamm.
Ganz benommen eilte der junge Jäger zurück zu den anderen Männern und erzählte gleich mehrfach sein aufregendes Erlebnis.

Man beschloss, dass ein jeder einen neuen Lendenschurz und eine Puderdose aus Schildkrötengehäuse fertigen sollte. Derart ausgestattet machten sie sich vor Sonnenaufgang auf den Weg und legten sich auf die Lauer. Das Spektakel spulte sich tatsächlich so ab wie berichtet. Es wiederholte sich als freudiges Ereignis an jedem neuen Morgen, bis einmal die alte Ahnfrau während ihrer Wache einschlief.

Das war die Gelegenheit, die jungen Frauen zu sich zu winken, ihnen ein Geschenk mit der Puderdose zu machen und mit ihnen leise zu verschwinden. Man freute sich aneinander, allerdings noch unwissend, welche Funktionen die Frauen denn hatten.

Bei weiteren Wanderschaften stießen sie ebenfalls auf Männer mit Frauen; allerdings gab es da mehrere Menschen in verschiedenen Größen - und auch ganz kleine.

Woher die denn herkommen, wollten die Hain//omn wissen und wurden wegen dieser Frage ausgelacht, doch dann über Sexspiele informiert, und seitdem gibt es auch viele Kinder bei den Hain//omn-Menschen."

„JOY, willst du auch bald kleine Kinder haben?"

„CHEETAH, eher nicht!
Bis es so weit ist, muss ich unbedingt noch viele Dinge lernen.
In der gestrigen Nacht der Nächte führte mich PETE ebenfalls während des Termitenfluges in die Geisterwelt der Hain//omn-Buschleute ein, die viele Geister haben, wobei der Totengeist der wichtigste ist. Er hat zwei Seelen. Eine Seele geht als Totengeist zu GAMAB, während die andere das Grab hütet."

„JOY, du sprichst von einem Grab, was ist das?"

„CHEETAH, bei uns Menschen ist es so:
Wir sterben an Altersschwäche, Krankheiten oder bei tödlichen Unfällen. Dann werden unsere toten Körper beigelegt, beigelegt nach besonderen Regeln und Ritualen verschiedener Volksstämme.

Sitzend in Erdlöchern, ausgerichtet in eine spezielle Himmelsrichtung.

Liegend in einem gezimmerten hölzernen Kasten.

Oder vollkommen verbrannt im Feuer zu Asche, die sodann im Wasser der Weltenmeere oder auf ausgesuchten Bodenarealen verteilt wird.

Asche zu Asche und Staub zu Staub, derart soll der Körper zu den Elementen seines Entstehens zurückkehren.

Denn der Schöpfergott soll den Menschen aus Staub vom Erdboden gebildet und ihm dann seinen Lebensatem eingeblasen haben, wie uns wortreich unsere kalkweiße Lehrerin mit Sommersprossen im Gesicht während des Sommerunterrichts in der Ombilischule erzählte. Diese weiße Frau mit honigfarbenen Haaren von einer ganz grünen Insel, gelegen neben dem Kontinent Europas. Also ganz, ganz weit weg.

Die ganze Welt soll aus einem Chaos entstanden sein und dieser Schöpfungsmythos soll zumeist eine theologische oder religiöse Erklärung sein zur Entstehung der Welt, des Universums und des Ursprungs des Menschen, wobei der Schöpfergott aus Staub vom Erdboden die Menschen bildete, dabei erst den Mann, sodann die Frau, und ihnen dann den Lebensatem einblies."

„JOY, sprechen sich die Seelen der Totengeister untereinander ab, welchen Weg sie gehen?"

„CHEETAH, in tiefster Nacht schaute Medizinmann PETE die Geisterwelt der Hain//omn und vernahm folgende Botschaft beim Zischen eines unsichtbaren Pfeiles:
Beide Seelen entweichen dem Mund des Sterbenden, so berichtete er mir raunend. Natürlich möchte jede der beiden Seelen zu GAMEB gehen, weswegen sie miteinander kämpfen, und daher kommt es, dass Sterbende röchelnde Geräusche von sich geben und fürchterlich stöhnen. Danach verscheucht diejenige Seele, die das Grab hütet jeden, der sich ihm nähert, weswegen die Hain//omn niemals Gräber besuchen. Kommt man dennoch unfreiwillig in die Nähe eines Grabes, so bewirkt sie eine Gänsehaut und es laufen eiskalte Schauer über den Rücken und die Haare stehen senkrecht."

„JOY, ich kenne nur den schnellen Tod.
Den sicheren Tod.
Den schönen Tod.
Denn bei meiner akuten Jagd mittels meiner kurzen Hatz des Beutetieres, verbraucht sich dessen lebenswichtiger Sauerstoff, sodass ich es bereits im komatösen Zustand durch meinen gezielten Biss in die Kehle ersticke und es schlagschnell und schmerzfrei erbeute."

„CHEETAH, ebenso effektiv wirkt die abgefeuerte Kugel eines Gewehres. Nur auf andere Art und Weise, denn sie zerstört schlagartig die Funktion des vitalen Herzmotors."

„JOY, glaubst du wirklich, ich werde später nach meinem Tod alle Tiere wiedersehen, die mir im Leben begegneten?
Genauso wie du auch deine bekannten Sippenmitglieder wieder triffst? JOY, wie groß soll denn diese Wiese sein?"

„CHEETAH, unvorstellbar, unfassbar und unendlich groß!"

IX

„CHEETAH, seit deinem letzten Aufbruch mit den beiden beinahe erwachsenen Jungtieren sind viele Monde vergangen!
Ihr seid wohl unterwegs auf einer sehr langen Wanderung gewesen, richtig?"

„JOY, das stimmt!
Es war definitiv meine letzte lange Wanderung. Ich habe rasende Schmerzen unter dem dicken Schulterverband, doch ich gebe mir Mühe, der Reihe nach den Ablauf zu rekapitulieren.

Als wir damals aufbrachen, war ich bei guten Kräften, die beiden Jungtiere fähig, bei Gefahr ihr Heil in blitzschneller Flucht zu suchen, wohlgemerkt, die Flucht in diverse Richtungen zur Irritation ihrer Feinde zu gestalten, um sich und uns später beim Wiederfinden jagdlich neu aufzustellen, wobei ich nicht mehr die alleinige Anführerin bin, meinen beiden Zöglingen eher zuarbeite, natürlich unter meinen prüfenden Blicken und schnellen Avancen im ausufernden Grasland.

Konzentrierte Beobachtung, punktuelle Deckung bei Distanzverminderung bis möglichst auf 100 bis 200 Meter, dann der ultimative Spurt mit Beschleunigung in 3 bis 4 Sekunden auf Höchstgeschwindigkeit von mindestens Tempo 100, unterwegs wie ein zuckender Blitz in wechselnden Richtungen.

Direkt vor den Augen der beiden Jungtiere strecke ich die Beute mit meiner ganzen Kraft aus meiner harten Vorderpfote nieder, wobei meine Daumenkralle mit Wirkung eines Enterhakens zum Einsatz kommt. Es gibt kein Entrinnen für mein hakenschlagendes Beutetier in Form eines fetten Kaphasens, während ich in fließenden Bewegungen mit dem Boden verschmelze. Mein langer Schwanz unterstützt rasche Richtungsänderungen und verleiht mir eine genuine Balance, um mein Beutetier von den Beinen zu reißen, dabei voll eingehüllt in eine Staubwolke. Wenn diese sich legt, präsentiere ich einen im Kehlgriff erwürgten und bereits erschlafften Nager, den ich allerdings nicht mit ihnen teilen werde, quasi als Ansporn für eigene Leistungen. Ein kurzes abweisendes Fauchen genügt und die Jungtiere haben verstanden.

Wir ziehen weiter und nutzen dabei das hohe Gras, um in die Nähe einer Antilopenherde zu gelangen. Plötzlich schauen die Antilopen in unsere Richtung, entweder es ist ihr Instinkt oder ein Wächter hat schnaubend eine Gefahr gemeldet, die jedoch nicht unbedingt unser Dreigespann betreffen muss, denn womöglich sind noch andere Jäger auf der Pirsch.

Ich signalisiere mit meiner zuckenden Schwanzspitze höchste Erregung und genau in diesem Moment erkenne ich ein etwas abseits stehendes Antilopenkitz, das offensichtlich für kurze Zeit den Kontakt zur schützenden Herde verloren hat.

Aus dem Stand sprinte ich los, verkürze blitzschnell die Distanz und, bevor die Antilopenherde die Gefahr realisiert hat, verliert das Kitz bei seinen Haken- wie Täuschungsmanöver gegen mich. Ich halte es bereits im tödlichen Kehlgriff, muss es allerdings ablegen, um meine erhöhte Körpertemperatur abzukühlen und einige Minuten lang tief Luft durch meine erweiterten Nasengänge zu holen. Die beiden Jungtiere sind hinzugestoßen und ich bin nun bereit, den Riss mit ihnen zu teilen. Doch gleichzeitig erkennen sie an meinem ängstlichen Gesicht, dass Gefahr besteht. Ich lenke ihre Späherblicke auf einen besorgniserregenden Punkt in der Graslandschaft, der sich eilig auf uns zu bewegt. Tatsächlich, da rennt eine Tüpfelhyäne auf ihren kurzen Hinterläufen wie ein Grastrampel auf uns zu.

Ich lasse von meinem Beutetier ab und rufe die Jungtiere zu mir. Wir ziehen uns zurück und beobachten aus sicherer Distanz von einem Erdhügel her, wie unser Nahrungskonkurrent in einer unbeschreiblichen Hektik über mein Beutetier herfällt. Wir beobachten mit verächtlichen Blicken wie sich die Gazelle beinahe rückstandslos auflöst aufgrund des extremen Knochenbrechergebisses dieses Karnivoren - gleichzeitig ist diese Begegnung eine überlebenswichtige Botschaft an die Jungtiere, Hyänenkonflikten aus dem Wege zu gehen, auch dann, wenn sie dabei ihrer Beute verlustig gehen."

„CHEETAH, vor allen Dingen mag ich weder ihr komisches Kichern noch ihr unheimliches Heulen."

„JOY, unsere Begegnung ist sehr lehrreich für die Jungtiere, denn sie müssen erkennen, dass es keinen Sinn macht, dass es wirklich überhaupt keinen Sinn macht, sogar in der Aufstellung von drei zu eins, im Kampf um ein erlegtes

Beutetier gewinnen zu wollen, da das Gebiss des Gegners sein dominierender Trumpf ist und wir auf jeden Fall eine mögliche Verletzung vermeiden müssen."

„CHEETAH, du erzähltest mir in diesem Zusammenhang von einer Affenhorde, der du dich durch Rückzug ins dichte Elefantengras entzogen hast."

„JOY, über meine damalige Affenverarschung in jugendlichen Jahren kann ich heute noch immer lachen und, offenbar kaum zu vermeiden, hatten wir während Meisterung unserer weiten Wanderungen durch's Grasland ebenfalls eine unliebsame Begegnung mit dem Affenvolk, kurz nachdem ich eine Thomsongazelle zu Fall brachte und sie mit einem gezielten Haltegriff an der Kehle blitzschnell erwürgte.

Als Folge meines extrem schnellen Spurtes, musste ich durch intensives Atmen meine erhöhte Körpertemperatur vermindern.
So weit so gut!
Das folgende Fressen der Beute folgt wiederum im Wettlauf mit der Zeit, da wir Fressfeinden wie Hyänen oder Löwen gegenüber körperlich nicht in der Lage sind, unseren Riss erfolgreich zu verteidigen.
Immerhin, gut organisiert, wie wir inzwischen sind, übernimmt beim Fressen jeder von uns im schnellen Wechsel die Überwachung des umliegenden Areals - und dabei sehe ich sie!

Ich sehe und erkenne in den vielen durcheinanderlaufenden dunklen Punkten eine querbeet vagabundierende Pavianhorde, unterwegs auf Futtersuche nach Blättern, besonderen Gräsern und Früchten, nach Insekten, Knollen, Wurzeln und auch nach Fleisch.

Na ja!
Sie finden offensichtlich genügend Nahrung. Dabei sehen wir, wie Mütter ihre Kinder auf dem Rücken transportieren und ihnen dabei liebevoll Leckerbissen in die Mäuler schieben.

Doch dann, völlig unerwartet, schält sich ein feister fetter Pavianmann gehobenen Alters mit bereits silbriger Kopf- und Halsmähne hervor, fixiert uns aus einem eng beieinander stehenden stechend gelben Augenpaar, fletscht seine dolchartigen Eckzähne und spechtet offenbar auf das noch verbleibende Vorderteil unseres angefressenen Risses.

Wie Verteidigungshiebe zu platzieren sind, demonstriere ich nun vor den beiden Jungtieren, selbstverständlich nur mittels eines weiten Auslegers meines langen Vorderlaufes. Gepaart mit heiserem Fauchen und einer blitzartigen Distanzverkürzung, verpasse ich ihm einen herben Schlag mit meiner langen Vorderpfote direkt zwischen Augen und Nasenrücken, also exakt ins Areal seines äußerst empfindlichen Gesichtsteiles, woraufhin er aufkreischt, sich dennoch den Rest des Beutetiers zu eigen macht, aus dem Felde geht und dabei die restliche Affenhorde instrumentalisiert, sich lautstark auf uns zu stürzen, während er sich gemächlich hinweg stiehlt, ohne die Beute mit dem Clan zu teilen. Vermutlich waren seine Tage bereits gezählt wegen dieses verqueren Verhaltens. Es ist ja bekannt, dass alte Tiere sich von ihrer Herde oder von ihren Artgenossen diskret absondern und sich ganz zurückziehen, um allein in Ruhe zu sterben.

Derweil entkommen wir aus der unangenehmen Situation mittels eines kurzen Seitwärtssprints, gehen im großen Bogen aus dem Wind und lassen uns im Schatten eines kleinen Akazienbaumes zum Ausruhen nieder.

Doch ziemlich schnell ist der Kater wieder auf den Beinen, er fixiert einen bestimmten Punkt im Grasland, er hat damit meinen Auftakt zur Jagd bestens kopiert - und dann tut er den ersten Schritt in seine Selbstständigkeit:

Plötzlich ändert sich der Ausdruck seiner Augen, sie blinzeln gefährlich, während er den Kopf senkt und vor Erregung mit der Schwanzspitze zuckt, zeitgleich aus der Deckung lossprintet und mit atemberaubender Geschwindigkeit unter wabernden Hitzeschleiern in einer Staubwolke verschwindet."

„CHEETAH, war er denn erfolgreich?"

„JOY, ich wünsche es ihm, denn von diesem abrupten Alleingang kehrte er nicht wieder zu uns zurück!
Es ist auch denkbar, dass er in zeitnaher Erinnerung den Geruch der Markierung eines anderen Katers aufgenommen hat und, um in seinem nunmehr erwachsenen Zustand einem möglichen Rivalen zur Konfliktvermeidung aus dem Weg zu gehen, sich auf die Suche nach einem eigenen Revier in seiner ersten eigenen Jagd von uns losgemacht hat."

„CHEETAH, demnach warst du nun mit einer aufstrebenden Jungkatze allein im Verbund!"

„JOY, und das auch nur noch für kurze Zeit, denn nach einigen Tagen stieß ich bei unseren Streifzügen auf die Markierung eines Katers. Dabei hinterließ ich ebenfalls meine Duftstoffe an vielen Stellen, etwa an abgebrochenen oder heruntergefallenen Ästen, an Büschen und an markanten Steinen.

Und plötzlich schiebt sich ein riesiger männlicher Gepard aus seiner Deckung hinter einem Erdhügel hervor.
Er schreitet direkt in Richtung der jungen Cheetah. Er faucht sie an. Sie versteht und sucht in großen Sprüngen das Weite.
Wir beschnuppern uns vorsichtig zum Kennenlernen, denn nur zur Paarungszeit wird der sonst als Einzelgänger lebende Kater von mir geduldet. Vermutlich hat er genauso wie ich die sich wieder langsam nähernde Jung-Cheetah im Blick und unternimmt ihre definitive Vertreibung mit einem lauten Knurren und einer langen Hatz vom Platz, womit er mir eindeutig seinen Gunstbeweis erteilt. Wir bleiben einige Tage zusammen, paaren uns häufig, jagen und fressen zusammen und gehen dann wieder auseinander."

„CHEETAH, was ist denn aus deinem zweiten Ziehkind geworden?"

„JOY, hoffentlich auch eine prachtvolle Cheetah!
Ihre Duftmarke habe ich übrigens nach mehreren Wochen im weiten Revier noch einmal aufgenommen, doch da hatte ich schon mit mir selbst genug zu tun, da ich trächtig war und hungriger als je zuvor. Nach vier Monaten hatte ich einen Wurf von fünf Welpen im dichten Gras."

„CHEETAH!
Fünf Minis, ist das denn die Möglichkeit?"

„JOY, so arbeitet eben die Natur!
Nur widerwillig entfernte ich mich beim ständigen Sichern der Umgebung von den Kleinen, nachdem ich sie gesäugt und in einem weichen Grasversteck abgelegt hatte, um auf die Jagd zu gehen und meinen Hunger zu stillen.

Dabei kreuzte eine Elefantenherde meine Pirsch, immerhin im deutlichen Abstand meiner abgelegten Welpen. Dass jedoch ein Löwe aus besonderem Grund der Herde folgte, entging mir in Anbetracht einer hinkenden Gazelle, die mir zur Stärkung sehr zu Pass kam.

Bestens gesättigt suchte ich das Grasversteck meiner Welpen auf, um sie wiederum zu säugen und zu wärmen, als mich unversehens ein markanter Löwe mit einem blutverschmierten Maul ohne zu zögern angreift.

Ich ziehe ihm in äußerster Erregung vor Beginn meiner Flucht den Vorderlauf zwischen Auge und Nase, doch er pariert meinen Angriff brüllend mit einen kräftigen Tatzenhieb, der mein Schulterblatt freilegt und mich unter unsagbaren Schmerzen zur Zuflucht in Richtung dieser Auffangstation veranlasst, in der Gewissheit, meine womöglich letzte große Kinderstube verloren zu haben und selbst sogar im Schoße medizinischer wie pfleglicher Maßnahmen dieser Auffangstation möglicherweise nicht überleben werde, weswegen meine Tränenstreifen im Gesicht heutzutage meinen Kummer besonders unterstreichen."

„CHEETAH, die alte afrikanische Erzählung zur Entstehung deiner Tränenstreifen im Gesicht hat mir natürlich auch Medizinmann PETE übermittelt, damals, als du dich endgültig mit den beiden Jungtieren auf die lange Wanderung aufmachtest.
Vielleicht wollte er mir auch in jenem speziellen Moment durch seine Erzählung zu verstehen geben, was Trauer bedeutet und er raunte:
Damals stieß ein Jäger auf zwei junge Gepardenkinder, die er an sich nahm und zur Unterstützung seiner Jagd einsetzte. Die Gepardenmutter weinte und klagte

laut wegen ihres Verlustes und berichtete davon einem weiteren Jäger, der die Geschichte dem Sippenältesten erzählte. Dieser war verärgert über das Verhalten des Jägers, der nicht die traditionellen Regeln der Jagd mit Pfeil und Bogen eingehalten hatte und aus Bequemlichkeit unerlaubte Jagdlöwen einsetzte.

Er musste auf seine Anordnung hin die jungen Gepardenkinder dem Muttertier zurückbringen und durfte zur Strafe nicht mehr zur Sippe zurückkehren.

Die Spuren der Tränen haben sich tief ins Gesicht der Cheetah eingegraben und haben sich bis auf den heutigen Tag als Tränenstreifen gehalten in Form dunkler Linien, die vom inneren Augenwinkel sich verbreiternd bis zum Mundwinkel erstrecken."

„JOY, so ist es!
Siehst du, wie ich zittere?

Zwischen den Schüben der Schmerzen laufen mir abwechselnd kalte und heiße Schauer durch den Körper.
Machst du mir einen Gefallen und berichtest PETE über meinen Zustand?"

„CHEETAH!
Darum kümmere ich mich sofort.
Bis bald!"

„JOY, bis bald!"

X

„CHEETAH, inmitten der letzten Vollmondnacht wurde ich wach. Warum, kann ich dir nicht sagen!

Ich schaute aus dem Fenster der Lodge in Richtung Freilaufkäfig, um dessen Ecke ein plötzlicher Wind wehte, der Grasbüschel zerzauste und die von PETE angebrachte Straußenfeder hinfort trug.

Im Morgengrauen suchte ich sofort PETE auf, wir hüllten uns in wärmende Decken, während PETE zielgerecht den Weg zur Aussichtskanzlei unseres bevorzugten Granitfelsens mit grandioser Aussicht einschlug.

Dort angekommen, erklärte er mir den plötzlichen Wind der letzten Nacht als einen Todesboten in der hohen Zeit des Abschiednehmens. Die Kühle des Morgens lässt mich schaudern, während Tau in den Gräsern funkelt, ein Goldschimmer am Horizont den neuen Tag ankündigt und dabei die Morgenstimmung einläutet mit letzten Rufen der Adlereulen, gefolgt vom Gesang der Glanzstare und Lerchen und von schwatzenden Affen beim Verlassen ihrer Schlafbäume sowie hervorkletternder Klippschliefer zum morgendlichen Wärmebad, während der riesige rote Sonnenball am Horizont erwächst.

Einen gleichwohl schönen Tagesbeginn haben wir beide vor vielen Monden miteinander erlebt.

Derweil sind drei Regenperioden ins Land gegangen und ich habe viele neue Dinge in der Ombilischule gelernt, habe dennoch die ganze Zeit lang an deinen weiten Weg im ausufernden Grasland zusammen mit deinen beiden Zöglingen gedacht.

Jetzt bist du wieder hier!

Du bist schwer verletzt, liegst im aufgeworfenen Grashaufen und hast einen dicken Verband um deinen Körper."

„JOY, wie schön, dich zu sehen!
Hier, im Freilaufkäfig, hast du heute zu mir gefunden, du sitzt direkt neben mir, direkt neben dem frischen Grashaufen, in dem ich schwer verletzt liege, und dem Medizinmann PETE im Morgengrauen besondere Blüten, Heilkräuter und geriebene Knollen zu meiner Schmerzlinderung beigegeben hat.

Dabei war sein Oberkörper nackt und war behangen voller Schmuck, bestehend aus Ketten von bunten Beeren, grünen Glasperlen und geviertelten Straußeneierschalen. Somit war er bestens versehen für die Zeremonie der Zeremonien.

Dem Lederbeutel an seinem Lendenschurz entnahm er ein Pulver, welches er über der Feuerglut am Platze zum Rauchen brachte.

Er inhalierte diesen Rauch, dessen Wirkstoffe ihn zur Erkenntnis mit folgendem Wortlaut führten:
CHEETAH, du wirst baldigst letztmals atmen!

CHEETAH, du wirst im letzten Atemzug dein ganzes gelungenes Jagdleben vor dir unterm Zelt des Indigohimmels mit Mangostreifen vorüberziehen sehen.

CHEETAH, du findest dich zeitgleich angekommen auf einer immergrünen Wiese, wo Hunger, Kummer und Schmerzen keinen Namen haben.

CHEETAH, unterm ewig neuen Sonnenaufgang, wo ein riesiger roter Sonnenball sich über den Horizont hebt und feinst strukturierte Stratuswolken durchdringt, wirst du pfeilschnell im Grasland dahineilen.

CHEETAH, im Bewusstsein, auf deinen besonderen Rennpfoten, das schnellste Landsäugetier der Welt zu sein, wirst du immer glücklich sein.

CHEETAH, in einem dicken ploppenden Regentropfen, der dich am Auge trifft, winkt dir JOY.

C H E E ET A H !!!"

ENDE

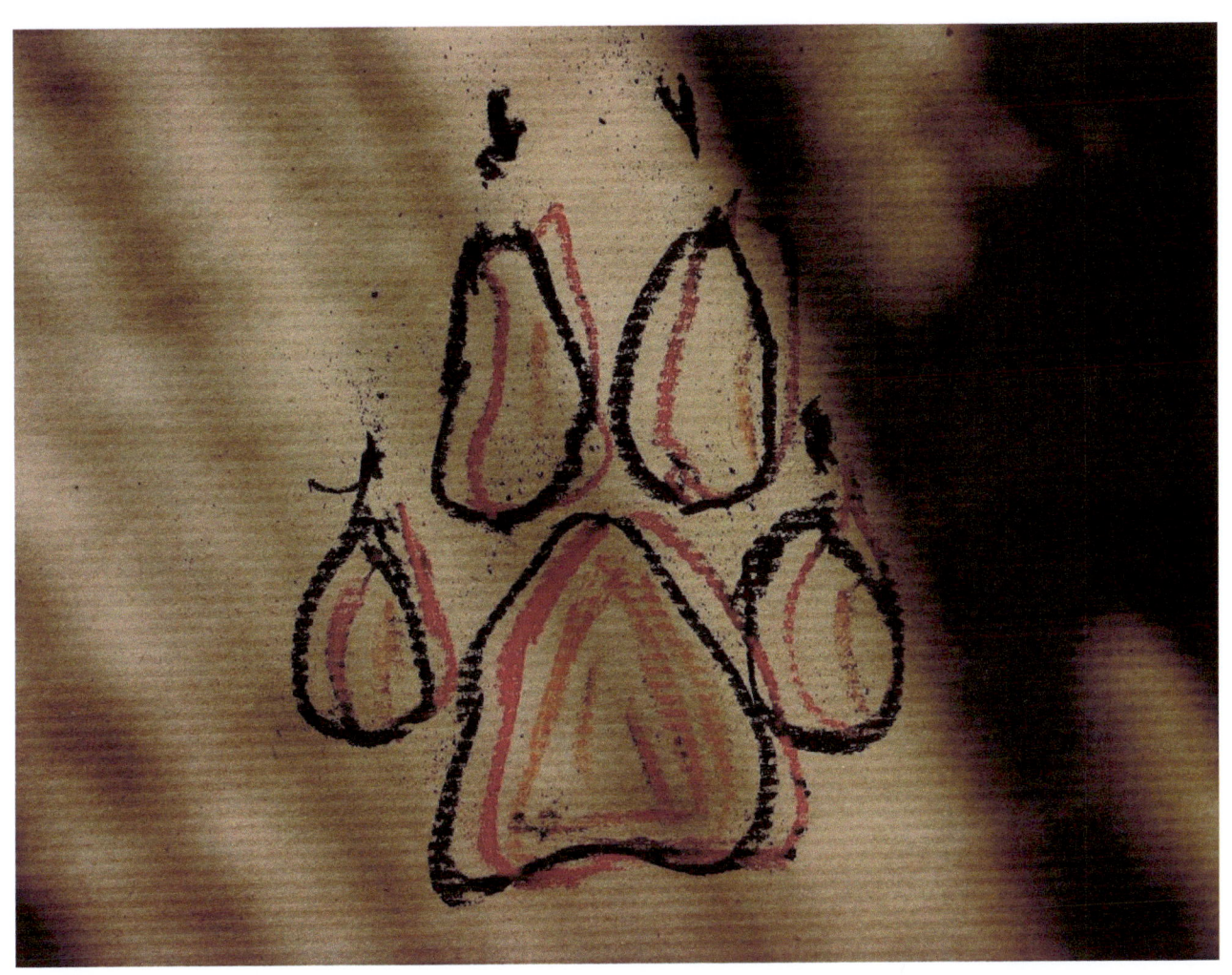

ANHANG

I
Bildnachweise

Titelbild und Innenseite:
Wonderful Sky In Namibia, Collage auf Aquarellpapier. Acryl und Pigmente, 30 x 40 cm. Dr. Helmut-Johannes Ziegler 2011
Fotos: dito. (Querformat und Hochformat)

Gepardenbilder:
Mit freundlicher Genehmigung von Wally und Horst Hagen sowie deren Verleger Gerhard Postels.

Junge Geparden:
Mit freundlicher Genehmigung des Allwetterzoos Münster, vertreten durch Peter Dollinger.

Regenguss Namibia Foto Dr. Helmut-Johannes Ziegler 1998 mit weiterer digitaler Bearbeitung.

MABO MONGO, Collage auf Papier, 20 x 30 cm, Dr. Helmut-Johannes Ziegler 2011 Foto: dito.

Cheetah-Footprint, Zeichnung, Kohle und bunte Kreide auf Packpapier, 20 x 30 cm. Dr. Helmut-Johannes Ziegler 2011 Foto: dito.

Statuette, Hartholz, Höhe 17 cm, Caprivi-Zipfel, Namibia 1998. Scan 2010, Dr. Helmut-Johannes Ziegler.

II
Gebündeltes Geparden-Wissen

Der Gepard nimmt eine Sonderstellung in der Familie der Katzen ein. Vom Körperbau ist er diesen ähnlich, variiert aber deutlich mit Merkmalen einer langen flexiblen Wirbelsäule, mit einem sehr langen Schwanz, sehr langen Extremitäten und einem wenig expressivem Gebiss. Sein sehr langer Schwanz dient der Balance bei schnellen Richtungsänderungen, die langen Extremitäten werden von kräftigen Bänder zusammengehalten und ermöglichen eine Sprungweite von bis zu sieben Metern und einer definitiven Renngeschwindigkeit von mehr als 100 km/h während einer mehr oder weniger langen Hetzjagd zwischen einhundert und dreihundert Metern, wobei eine große Lunge und deutlich vergrößerte Nasenkanäle eine vermehrte Durchatmung garantieren.

Der Gepard ist die eleganteste und schnellste Wildkatze der Welt. Der „Spikes-Effekt" seiner nur bedingt einziehbaren Krallen und raue hundeartige Fußballen verhindern bei den Sprints ein Wegrutschen und optimieren somit seinen Jagderfolg.

Nach kurzer Hetzjagd wird durch den Vorderlauf das Beutetier im bereits komatösen Zustand nach Verbrauch seines eigenen Sauerstoffs niedergestreckt und erliegt durch den ultimativen Biss in den Hals einem schnellen und lautlosen Erstickungstod. Nach der Jagd muss der Gepard ruhen, um seinen überhitzten Körper bei intensiver Ventilation abzukühlen. In dieser Zeit kann er nicht fressen und verliert vielmals seine Beute an Hyänen oder Leoparden. Zu einer Verteidigung der Beute kommt es nicht, da seine Fressfeinde körperlich robuster und mit weitaus kräftigeren Gebissen ausgestattet sind.

Im adoleszenten Alter präsentiert er sich mit einer Kopf-Rumpf-Länge von 150 cm zuzüglich eines enorm langen Schwanzes von fast 80 cm, hat eine Schulterhöhe von 60 bis 70 cm und bringt trotzdem nur ca. 40 bis 60 kg auf die Waage.

Die Fortpflanzung der Geparde ist an keine Jahreszeit gebunden. Ein Wurf kann bei einer dreimonatigen Tragzeit bis zu 5 Welpen betragen. Das Muttertier ist ganz alleine zuständig für die Aufzucht und den Jagdunterricht des Nachwuchses, wobei soziales Verhalten und Kommunikation zwischen Mutter und Jungen beispielhaft sind. Dazu gehören als kommunikativer Gunstbeweis die gegenseitige Fellpflege nach jedem Fressen und das gegenseitige Trockenlecken des vom Tau feuchten Fells nach Sonnenaufgang. Zur gegenseitigen Verständigung gehören die Körpersprache sowie Ruf- und Locklaute. Wie andere Katzen können sie schnurren, knurren und fauchen und verdösen wie diese den Großteil des Tages und schlafen nachts.

In freier Wildbahn können sie mehr als 10 Jahre alt werden, wobei das heutige Verbreitungsgebiet sich nur noch auf den Teil südlich der Sahara und auf winzige Restbestände in Asien reduziert.

Sehr bemerkenswert ist, dass nach genetischen und immunologischen Untersuchungen festgestellt wurde, dass alle heutigen Geparde von wenigen Exemplaren abstammen sowie die medizinisch festgestellte Tatsache, dass es zu keinen Abstoßungsreaktionen von übertragenem Gewebe kam - ein Faktum, das sonst nur bei genetischer Identität, etwa wie bei eineiigen Zwillingen, der Fall ist. So geht man davon aus, dass vor 10.000 Jahren der Amerikanische Gepard ausstarb, derweil der Gewöhnliche Gepard nur knapp diesem Schicksaal entging und sich danach in den Savannen Afrikas und Asiens wieder ausbreitete.
Dieser Umstand lässt Fachkreise von einem klassischen Beispiel in der Populationsgenetik sprechen.

In Gefangenschaft werden Geparde schnell zutraulich und sind leicht zu zähmen. Sie wurden sogar zur Jagd abgerichtet und als Jagdleopard oder Jagdtiger eingesetzt. Derartige Zähmungen sagt man bereits vor 5.000 Jahren zwischen Euphrat und Tigris den Sumerern nach, die sich diese eleganten Tiere auch als Haustiere hielten.

Ebenso wird seit mehr als 4.000 Jahren der Jagdfalke als Arbeitstier bei der Jagd eingesetzt. Heute gilt die Jagd mit Falken als Prestigeobjekt arabischer Scheichs, die für einen gut abgerichteten Vogel bis zu 100.000 Dollar bezahlen.

Man stelle sich vor:

Zum Auftakt eines ganz besonderen Jagdtages mit Jagdleopard und Jagdfalke spricht der Scheich zum Emir:

„Gehn' wir!"

III
Literatur ist zu finden in der
Völkerkundlichen Bibliothek Frobenius-Institut Frankfurt

Anmerkung der Leiterin Frau Dr. Sophia Thubauville per mail v. 10.05.2011:
„Der Begriff Buschleute ist eher ein pejorativer Begriff, der so seit vielen Jahren nicht mehr benutzt wird. Aktuelle Bücher und Dokumente sind unter dem Stichwort Khoi-San zu finden."

IV
Sehenswerte Fotos

Gregory Colbert
Kanadischer Fotograf und Filmemacher
In seiner Ausstellung *Ashes and Snow*

Ashes and Snow ist der Name eines Kunstprojekts, das der kanadische Fotograf und Filmemacher Gregory Colbert erstmals 2002 in Venedig präsentierte. Im Jahr 2005 zog das Projekt dann in Colberts „Nomadic Museum" in New York, einer eigens gebauten Ausstellungsstätte, die aus wiederverwendbaren Materialen besteht und somit gemeinsam mit dem Projekt von Ort zu Ort weiterziehen kann. Die Ausstellung selbst besteht aus zahlreichen großformatigen Bild- und Filminstallationen, in denen Colbert die Symbiose zwischen Mensch und Tier ausdrücken möchte. Hier findet sich auch eine hockende Cheetah mit einem Kind aus Afrika in Herzhöhe an ihrer Seite.

Jo Ziegler Kurzvita und Bibliografie

Im Ruhrgebiet 1949 geboren
und dort lebend. Bildender
Künstler und Autor einer
großen Revier-Chronographie
in drei Romanen mit dem
Buchtitel Die Ruhr-Trilogie
2008 und 2010 erschienen im
Schreibhaus Verlag Bochum
Ab 2010 Reaktionsmitglied
bei www.kulturproramm.de
Ab 2013 Veröffentlichungen
in der Edition Bärenklau Berlin
Ab 2014 Veröffentlichungen
bei Beam eBooks Köln
Ab 2016 Veröffentlichungen
bei BoD Norderstedt
Ab 2018 Veröffentlichungen
bei TWENTYSIX und TREDITION
Weitere Bücher von Jo Ziegler: https://www.amazon.de/Jo-Ziegler/e/B00MD912NU

KRIMINALROMANE
2015 **Ruhrpott-Dschungel**, München: BookRix, E-Book
2015 **Ruhrpott-Dschungel 2**, Cassiopeia-Press / beam-ebooks.de
2016 **Soko Sokolowski,** Taschenbuch-Ausgabe bei LitArt-World, Karin Welters Publikationen, Mönchengladbach
Verlag: CreateSpace Independent Publishing Platform (9. November 2016)
ISBN-10: 1540301400
ISBN-13: 978-1540301406
2017 **Soko Sokolwski,** BookRix (16. Februar 2017) Verkauf durch: Amazon Media S.à r.l. ASIN: B06WVDYRLJ

WEITERE BÜCHER
2014 Großer Mann/kleiner Mann: Erlebnisse aus der Nachkriegszeit – vom zerstörten Ruhrgebiet bis nach Berlin, Edition Bärenklau / München: BookRix e-Book

2015 Herrenschmitt...und Ich! Edition Bärenklau / amazon kdp ASIN: B0148NKD0Q
2015 Himmlisch hoch Drei, Ruhrpott-Dschungel 3, Cassiopeia-Press, Kindle Edition ASIN: B014IU9ZD0

2016 Zweite überarbeitete Auflage Die Ruhr-Trilogie: Eine große Revier-Chronographie in drei Romanen: BoD. Als gebundene bibliophile Ausgabe und als e-Book

2018 (Februar) Glocken-Heim, TWENTYSIX, ISBN 9-783-7407-4418-2
2018 (April), Zwei kantige Kerle, TWENTYSIX,
ISBN 9783740735876 und als e-Book
2018 (August), Omas kleines Häuschen, TREDITION,
ISBN 978-3-7469-5417-2 (Paperback)
ISBN 978-3-7469-5418-9 (Hardcover)
ISBN 978-3-7469-5419-6 (e-Book)

Autorenfoto Jo Ziegler 2015 bei Filmaufnahmen auf Halde Haniel

Bibliografische Information der Deutschen Nationalbibliothek: Die Deutsche Nationalbibliothek verzeichnet diese Publikation in der Deutschen Nationalbibliografie; detaillierte bibliografische Daten sind Im Internet über dnb.d-nb.de abrufbar.

TWENTYSIX – Der Self-Publishing-Verlag
Eine Kooperation zwischen der Verlagsgruppe Random House und
BoD – Books on Demand

© 2018 Ziegler, Jo

Herstellung und Verlag:
BoD – Books on Demand, Norderstedt

ISBN: 9783740744731

Zweite überarbeitete Auflage

© 2019 Ziegler, Jo

ISBN: 9783740744731

Herstellung und Verlag:
BoD – Books on Demand, Norderstedt